DES BOUQUETINS
DES ALPES

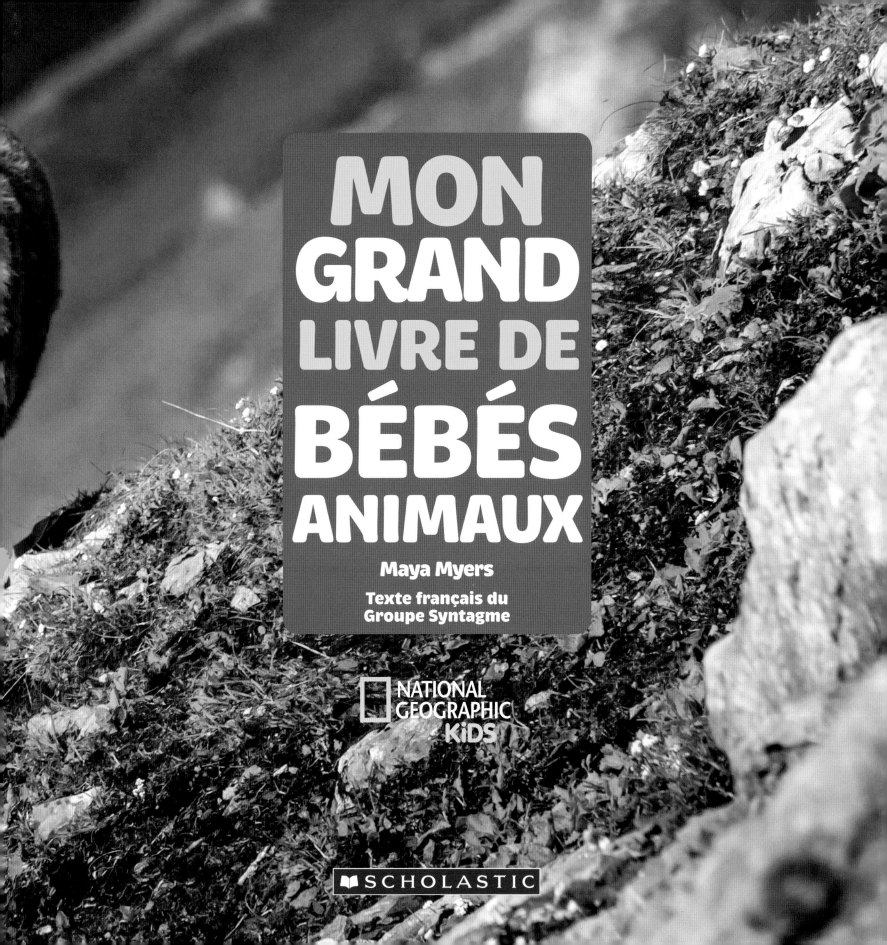

MON GRAND LIVRE DE BÉBÉS ANIMAUX

Maya Myers

Texte français du Groupe Syntagme

NATIONAL GEOGRAPHIC KiDS

SCHOLASTIC

TABLE DES MATIÈRES

UNE CHENILLE DE MONARQUE

UN FENNEC

DES ORANGS-OUTANS DE SUMATRA

Introduction

Bienvenue dans le monde des bébés animaux! Les bébés animaux ne sont pas seulement mignons, ils sont aussi extraordinaires! Dans ce livre, tu découvriras des dizaines d'animaux au tout début de leur vie. Tu trouveras des informations sur leur naissance, l'endroit où ils vivent, leur famille, ce qu'ils mangent et le temps qu'il leur faut pour devenir indépendants. Des choses qui sont aussi importantes pour les jeunes humains.

LE CHAPITRE UN présente les divers types de bébés animaux qui seront en vedette tout au long du livre. On y répond à une foule de questions, par exemple : « Un mammifère, c'est quoi? » ou « Est-ce que les oiseaux sont les seuls animaux qui pondent des œufs? » ou encore « Y a-t-il une différence entre les reptiles et les amphibiens? »

AU CHAPITRE DEUX, nous explorons les prairies du monde entier pour y découvrir des bébés qui sautillent, gambadent et volettent dans les grandes plaines, comme les lapereaux, les éléphanteaux, les papillons et les poussins d'autruche.

AU CHAPITRE TROIS, nous plongeons dans l'eau salée pour observer les bébés qui nagent dans l'océan et ceux qui volent au-dessus des mers, des rivières et des lacs. C'est dans l'eau qu'on trouve à la fois les plus gros bébés du monde et certains des plus petits, en plus des canards, des tortues marines, des alligators et des hippopotames.

AU CHAPITRE QUATRE, nous nous aventurons dans les montagnes rocheuses et les déserts arides. La vie y est difficile, mais certains animaux comme les chèvres des montagnes et les chiens de prairie sont faits pour vivre dans ce genre d'endroits.

AU CHAPITRE CINQ, nous allons au cœur des forêts pour y trouver des bébés qui naissent sur la terre ferme, dans l'eau, dans les arbres et même sous terre. Tu découvriras, parmi les feuilles, des grenouilles, des orangs-outans, des paresseux et des mésanges.

Enfin, **LE CHAPITRE SIX** nous amène aux confins les plus froids du monde pour y voir des bébés qui vivent dans la neige et sur la glace. Les manchots, les ours polaires, les loups arctiques et les bœufs musqués font partie de ces animaux fascinants qui peuplent les régions polaires.

Comment utiliser ce livre

Des **PHOTOGRAPHIES COLORÉES** illustrent les notions présentées à chaque page du livre.

Les **ENCADRÉS « FAITS »** donnent aux jeunes lecteurs un aperçu des caractéristiques de chaque animal : son espèce, le nom de son petit, son habitat, le nombre de bébés par portée, son alimentation et sa taille à la naissance.

FAITS

CLASSE D'ANIMAUX
Mammifère

NOM DU PETIT
Chaton

HABITAT
Prairies, collines rocailleuses, et forêts d'Afrique et d'Asie

BÉBÉS
Jusqu'à 6 à la fois; habituellement 3

ALIMENTATION
Lait maternel, puis rongeurs, oiseaux et gazelles

TAILLE À LA NAISSANCE
À peu près comme une grosse pomme

Les touffes de poils noirs au bout des oreilles des caracals les aideraient à mieux entendre.

La maman caracal ne construit pas sa propre tanière. Elle en cherche plutôt une qu'un autre animal a construite, puis abandonnée.

LES BÉBÉS DES PRAIRIES

LE CARACAL
Ces adorables chatons seront un jour de redoutables chasseurs.

À la naissance, les caracals sont sans défense. Leurs yeux ne s'ouvriront qu'après environ 10 jours. Les petits boivent le lait de leur mère et restent blottis contre elle pendant quelques semaines.

Ensuite, ils sortent de leur tanière pour jouer avec leurs frères et sœurs. Ils courent, sautent et se chamaillent, mais ils ne font pas que s'amuser : ils s'entraînent à devenir d'excellents chasseurs.

Pendant environ un an, les jeunes caracals suivent leur mère partout. Ils la regardent chasser et apprennent ce qu'il faut faire. En peu de temps, ils arrivent à sauter à plus de trois mètres (10 pi) dans les airs pour attraper des oiseaux en plein vol.

Mignons mais dangereux! Il ne faut pas essayer de les flatter.

Jusqu'à quelle hauteur peux-tu sauter?

18

19

Des **QUESTIONS INTERACTIVES** dans chaque section aident à amorcer des discussions sur le sujet abordé.

Des **BULLES** ici et là fournissent des informations complémentaires sur les animaux en vedette.

À la fin du livre, il y a des **CONSEILS POUR LES PARENTS,** des activités amusantes en lien avec les bébés animaux ainsi qu'un **GLOSSAIRE** très utile.

CHAPITRE 1
L'ABC DES BÉBÉS

DES OURS BRUNS

Qu'ils soient grands ou petits, pleins de poils ou complètement chauves, gluants ou couverts d'écailles, les bébés animaux ont une chose en commun : ils sont vraiment adorables! Dans ce chapitre, tu découvriras les divers groupes d'animaux qui seront en vedette tout au long du livre.

LES MAMMIFÈRES ET LES OISEAUX

Les mammifères sont un groupe d'animaux qui ont des poils. La plupart des petits sortent tout formés de leur mère. Ils boivent le lait de leur maman avant de pouvoir manger de la nourriture solide. Ils utilisent leurs poumons pour respirer. Est-ce que tu vois une ressemblance?
Oui, les humains sont aussi des mammifères! Quand ils sont bébés, les mammifères ont besoin que leurs parents prennent soin d'eux. Les petits vont rester près de leur mère ou de leur père jusqu'à ce qu'ils apprennent à trouver de la nourriture et à se défendre tout seuls.

UN CERF DE VIRGINIE

Les oiseaux et les mammifères sont des animaux endothermes, ce qui veut dire que leur corps produit sa propre chaleur. Ils peuvent donc se garder au chaud même lorsqu'il fait froid.

DES LOUTRES DE MER

Les oiseaux sont un groupe d'animaux qui pondent des œufs. Chez certaines espèces, les bébés sont couverts de plumes fines qu'on appelle le duvet. À mesure que l'oisillon grandit, de douces plumes d'adultes recouvrent le duvet.

La plupart des bébés oiseaux restent dans le nid jusqu'à ce qu'ils soient prêts à voler. Les parents apportent de la nourriture à leurs petits qui gazouillent. Quand ils sont prêts à voler, les oisillons quittent le nid pour trouver de la nourriture.

UNE MÉSANGE À TÊTE NOIRE

LES REPTILES ET LES AMPHIBIENS

Les reptiles sont un groupe d'animaux comprenant les serpents, les tortues et les lézards. Ils ont une peau sèche recouverte d'écailles ou de plaques osseuses. La plupart des reptiles pondent des œufs, mais chez certaines espèces, la mère donne naissance à des petits déjà formés. La plupart des bébés reptiles peuvent trouver de la nourriture et se défendre dès les premiers instants de leur vie.

UNE TORTUE OLIVÂTRE

Les reptiles et les amphibiens sont ectothermes, ce qui veut dire qu'ils ne produisent pas leur propre chaleur. La température de leur corps dépend de la chaleur ambiante.

DES ŒUFS DE GRENOUILLE

DES ŒUFS DE CRAPAUD

Les grenouilles pondent habituellement leurs œufs en grappes. Les crapauds, eux, pondent leurs œufs en série.

Les amphibiens sont un groupe d'animaux comprenant les grenouilles, les crapauds et les salamandres. Ils ont une peau mince et humide. Ils pondent des œufs, souvent dans l'eau. Quand les petits éclosent, ils ont une queue pour nager. Plus tard, il leur pousse des pattes pour qu'ils puissent marcher. On dit que leur corps se « métamorphose », c'est-à-dire qu'il change de forme.

DES ALLIGATORS D'AMÉRIQUE

UN DENDROBATE FRAISE

LES POISSONS, LES PIEUVRES ET LES INSECTES

Beaucoup de créatures marines pondent des œufs. Certaines espèces de poissons et de pieuvres pondent des centaines, et parfois même des milliers d'œufs dans l'eau. D'autres espèces gardent leurs œufs à l'intérieur de leur corps et donnent naissance à des petits déjà formés. La plupart des petits poissons savent trouver de la nourriture dès leur naissance.

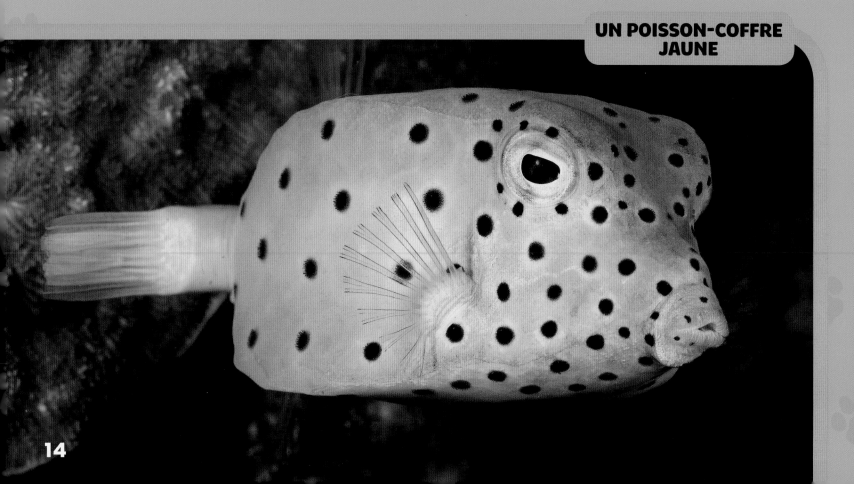

UN POISSON-COFFRE JAUNE

DES ŒUFS ET LARVES
DE PIEUVRE GÉANTE
DU PACIFIQUE

UNE CHENILLE
DE MONARQUE

Les insectes pondent leurs œufs n'importe où : par terre, sur des roches ou sur du bois, ou dans l'eau. Certains insectes, comme les papillons, pondent leurs œufs sur une plante que leurs bébés pourront manger après avoir éclos.

Il y a aussi des insectes qui se métamorphosent, tout comme les amphibiens. Par exemple, les papillons et les papillons de nuit commencent tous leur vie sous forme de chenille. Ils auront une forme très différente quand ils seront adultes!

UN MONARQUE

Et toi, à quoi ressemblais-tu quand tu étais bébé?

CHAPITRE 2
LES BÉBÉS DES PRAIRIES

Dans les prés et les prairies, de petits et de grands bébés animaux jouent, grandissent et apprennent à survivre.

FAITS

CLASSE D'ANIMAUX
Mammifère

NOM DU PETIT
Chaton

HABITAT
Prairies, collines rocailleuses, et forêts d'Afrique et d'Asie

BÉBÉS
Jusqu'à 6 à la fois; habituellement 3

ALIMENTATION
Lait maternel, puis rongeurs, oiseaux et gazelles

TAILLE À LA NAISSANCE
À peu près comme une grosse pomme

Les touffes de poils noirs au bout des oreilles des caracals les aideraient à mieux entendre.

La maman caracal ne construit pas sa propre tanière. Elle en cherche plutôt une qu'un autre animal a construite, puis abandonnée.

LE CARACAL

Ces adorables chatons seront un jour de redoutables chasseurs.

À la naissance, les caracals sont sans défense. Leurs yeux ne s'ouvriront qu'après environ 10 jours. Les petits boivent le lait de leur mère et restent blottis contre elle pendant quelques semaines.

Ensuite, ils sortent de leur tanière pour jouer avec leurs frères et sœurs. Ils courent, sautent et se chamaillent, mais ils ne font pas que s'amuser : ils s'entraînent à devenir d'excellents chasseurs.

Mignons mais dangereux! Il ne faut pas essayer de les flatter.

Pendant environ un an, les jeunes caracals suivent leur mère partout. Ils la regardent chasser et apprennent ce qu'il faut faire. En peu de temps, ils arrivent à sauter à plus de trois mètres (10 pi) dans les airs pour attraper des oiseaux en plein vol.

Jusqu'à quelle hauteur peux-tu sauter?

19

LE KANGOUROU ROUGE

Les mamans kangourous gardent leurs bébés TRÈS près d'elles!

FAITS

CLASSE D'ANIMAUX
Mammifère

NOM DU PETIT
Pas de nom officiel

HABITAT
Prairies et déserts d'Australie

BÉBÉS
1 à la fois

ALIMENTATION
Lait maternel, puis herbes et feuilles

TAILLE À LA NAISSANCE
Environ la grosseur d'un ourson en gélatine

Les bébés kangourous qui viennent de naître ne ressemblent pas vraiment à un kangourou. Ils sont minuscules et n'ont pas de fourrure. Le petit grimpe en s'accrochant à la fourrure de sa maman et se glisse dans la poche sur son ventre. Une fois à l'intérieur, il boit le lait de sa mère.

Les kangourous et les autres animaux qui transportent leurs bébés dans leur poche sont des marsupiaux.

UN BÉBÉ KANGOUROU DANS LA POCHE DE SA MÈRE

Le bébé kangourou reste près de sa mère. Elle va le protéger des faucons et des autres prédateurs.

Après quelques mois, le bébé kangourou quitte la poche pour sautiller ici et là. Il mange de l'herbe et des arbustes. Quand il veut du lait ou qu'il est effrayé, il retourne dans la poche de sa mère. Vers l'âge de huit mois, le petit commence à devenir trop gros. Il peut seulement glisser la tête dans la poche pour boire du lait de temps en temps!

Et toi, qu'y a-t-il dans tes poches?

Il existe près de 300 espèces de marsupiaux. Voici quelques bébés – et quelques mamans – marsupiaux d'un peu partout dans le monde.

DES KOALAS

DES QUOKKAS

UN OPOSSUM

UN DASYURE

DES WALLABYS AGILES

UN WOMBAT

UN FOURMILIER

Les blaireaux naissent dans des terriers souterrains. Des tunnels relient les différentes pièces du terrier.

À l'extérieur de leur maison, les blaireaux creusent des trous où ils feront leurs besoins.

LE BLAIREAU EUROPÉEN

Ces animaux trouvent leurs amis quand ils sont jeunes.

FAITS

CLASSE D'ANIMAUX
Mammifère

NOM DU PETIT
Pas de nom officiel

HABITAT
Prairies et boisés
d'Europe et d'Asie

BÉBÉS
Jusqu'à 6 à la fois;
habituellement 3

ALIMENTATION
Lait maternel, puis
vers de terre,
végétaux, oiseaux et
autres petits animaux

**TAILLE À LA
NAISSANCE**
À peu près la grosseur
d'une prune

Ces petits blaireaux ont l'air de se battre, mais ne t'inquiète pas… ils s'amusent! Les bébés blaireaux jouent ensemble pour apprendre à se connaître.

Les mamans blaireaux s'occupent de leurs petits pendant deux ou trois mois. Ensuite, les petits vont trouver un groupe de blaireaux avec qui vivre. Ce groupe comprend parfois d'autres blaireaux de la même famille, mais pas toujours.

Quand un petit blaireau se joint à un groupe, il se glisse sous un adulte pour se frotter contre son ventre. Il va alors avoir la même odeur que les autres blaireaux de son nouveau groupe. Il pourra maintenant retrouver ses amis grâce à l'odeur!

Comment te fais-tu des amis à l'école?

Les bébés éléphants sucent leur trompe pour se réconforter, tout comme les bébés humains sucent leur pouce.

Les éléphanteaux ont de petites défenses qui tombent avant que leurs défenses d'adulte ne poussent... comme les dents de lait des humains!

L'ÉLÉPHANT D'AFRIQUE

Le bébé peut se donner lui-même une douche!

FAITS

CLASSE D'ANIMAUX
Mammifère

NOM DU PETIT
Éléphanteau

HABITAT
Prairies d'Afrique

BÉBÉS
1 à la fois; parfois
des jumeaux

ALIMENTATION
Lait maternel,
puis herbes,
feuilles, fruits,
fleurs et racines

**TAILLE À LA
NAISSANCE**
À peu près la grosseur
d'un panier d'épicerie

Les éléphanteaux sont les plus gros bébés qui vivent sur la terre ferme, mais cela ne les empêche pas de vouloir rester près de leur maman. Un éléphanteau reste avec sa mère jusqu'à l'âge d'environ huit ans. Avec sa trompe, il s'accroche à la queue ou à la trompe de sa mère.

Les éléphanteaux se servent aussi de leur trompe pour respirer, pour boire, pour sentir et pour ramasser de la nourriture. Ils peuvent aspirer de l'eau et de la boue avec leur trompe, et tout recracher en l'air. Ils se donnent une petite douche pour se nettoyer ou se rafraîchir.

Un éléphanteau peut faire une sieste en restant debout!

27

L'AUTRUCHE

Le plus gros poussin du monde ne tient pas en place.

Comme leurs parents, les poussins d'autruche ne peuvent pas voler. Leurs ailes leur permettent de garder l'équilibre quand ils courent.

FAITS

CLASSE D'ANIMAUX
Oiseau

NOM DU PETIT
Poussin

HABITAT
Prairies et boisés d'Afrique

ŒUFS
Environ 10 à la fois

ALIMENTATION
Racines, graines, fleurs, feuilles, insectes, petits reptiles, rongeurs

TAILLE À LA NAISSANCE
Aussi gros qu'une poule adulte

Tac tac tac! Les poussins d'autruche donnent des coups de bec pour sortir de leurs œufs géants. Au début, leurs parents leur apportent de la nourriture, mais après seulement quelques jours, les poussins s'aventurent hors du nid. Ils suivent leur maman et leur papa pour chercher des graines et des feuilles à manger. Quand il fait trop chaud, ils se réfugient sous leurs parents pour être à l'ombre.

L'autruche est le plus grand oiseau du monde. Elle pond aussi les plus gros œufs.

Les poussins d'autruche mangent les crottes de leurs parents. Cela les aide à digérer leur nourriture.

Environ un mois après leur naissance, les poussins commencent à courir… et ils courent vite! Une jeune autruche peut courir aussi vite qu'une voiture qui roule en ville. L'autruche est assez rapide pour échapper à ses prédateurs, comme les guépards et les lions.

Le bébé rhinocéros pousse des couinements aigus pour appeler sa mère. La maman halète ou respire bruyamment, en alternant le rythme, pour lui répondre.

Le petit rhinocéros reste près de sa mère pendant environ quatre ans. Quand la maman a un nouveau bébé, elle repousse le plus vieux.

LE RHINOCÉROS NOIR

Ce petit n'est pas aussi coriace qu'il en a l'air.

FAITS

CLASSE D'ANIMAUX
Mammifère

NOM DU PETIT
Pas de nom officiel

HABITAT
Prairies, forêts et déserts d'Afrique

BÉBÉS
1 à la fois; parfois des jumeaux

ALIMENTATION
Lait maternel, puis herbes et arbustes

TAILLE À LA NAISSANCE
À peu près la grosseur d'un oreiller

La peau épaisse du rhinocéros a vraiment l'air d'une armure, mais comme elle n'est pas protégée par de la fourrure, elle est très sensible. Les bébés rhinocéros doivent apprendre à prendre soin de leur peau sous un soleil brûlant.

Le bébé rhinocéros suit sa mère jusqu'à un point d'eau pour y nager. Il va imiter sa maman et se rouler dans la boue pour se rafraîchir. La boue colle à sa peau et le protège des coups de soleil et des piqûres d'insectes.

Comment aimes-tu te rafraîchir quand il fait chaud?

31

Les monarques sont toxiques pour beaucoup d'animaux. Leur couleur orange vif avertit les prédateurs, comme les oiseaux et les autres insectes, de ne pas s'approcher.

UN ŒUF DE MONARQUE

Le cycle de vie du papillon a quatre stades : l'œuf, la chenille, la chrysalide et l'adulte. C'est ce qu'on appelle une métamorphose complète.

LE MONARQUE

Les monarques femelles parcourent de grandes distances pour pondre leurs œufs.

FAITS

CLASSE D'ANIMAUX
Insecte

NOM DU PETIT
Larve ou chenille, nymphe

HABITAT
Asclépiades (plante d'Asie, d'Australie et d'Amérique du Nord)

ŒUFS
Jusqu'à 500 en tout

ALIMENTATION
Feuilles de l'asclépiade, puis nectar

TAILLE À LA NAISSANCE
À peu près la grosseur d'une graine de fraise

Les monarques franchissent des centaines de kilomètres pour trouver les plantes dont leurs bébés vont se nourrir. La femelle pond un œuf à la fois sous des feuilles d'asclépiade.

Environ quatre jours plus tard, le minuscule œuf éclot. Une toute petite chenille en sort, et elle commence à manger les feuilles de l'asclépiade.

UNE CHENILLE DE MONARQUE VENANT D'ÉCLORE

33

La chenille mange et mange encore. Elle grossit toujours plus. Quand la chenille est environ aussi longue que ton doigt, elle arrête de manger. Elle se suspend à une tige ou à une branche et s'enveloppe d'un cocon mince, mais solide. Ce cocon s'appelle une chrysalide. À l'intérieur de la chrysalide, quelque chose d'extraordinaire se produit : la chenille se transforme en papillon!

UN MONARQUE SORTI DE SA CHRYSALIDE

UN MONARQUE SUR LE POINT DE SORTIR DE SA CHRYSALIDE

Après environ deux semaines, la chrysalide se déchire et un nouveau papillon en sort. Ses ailes ont l'air humides et chiffonnées, mais elles se redressent et se raffermissent en peu de temps. Le papillon déploie alors ses ailes et prend son envol!

Où peux-tu observer des papillons près de chez toi?

LE CHACAL À DOS NOIR

Toute la famille s'occupe des petits!

Dans leur terrier souterrain, les chacals nouveau-nés boivent le lait de leur mère. Mais la maman n'est pas la seule à s'occuper des bébés. Le papa s'assure aussi de les protéger. Il garde la tanière et apporte de la viande aux petits.

FAITS

CLASSE D'ANIMAUX
Mammifère

NOM DU PETIT
Chiot

HABITAT
Certaines régions d'Afrique

BÉBÉS
De 2 à 7 à la fois

ALIMENTATION
Lait et viande prémâchée par les adultes, puis petits animaux, insectes, fruits et noix

TAILLE À LA NAISSANCE
À peu près la grosseur d'une grosse pomme

Les chiots restent avec leur famille environ un an.

Les petits chacals commencent à chasser seuls vers six mois.

Quand les chiots ont environ trois mois, ils sortent de la tanière. Ils jouent et apprennent à chasser. Dans la meute familiale, la maman et le papa peuvent compter sur l'aide des grands frères et des grandes sœurs, qui gardent les petits, leur apportent à manger et les protègent des loups, des hyènes et des léopards affamés.

Et toi, comment pourrais-tu aider à prendre soin d'un bébé?

Les lapereaux boivent le lait de leur mère deux fois par jour, au lever et au coucher du soleil.

Les lapins font deux sortes de crotte. Ils mangent l'une des deux sortes pour ingérer plus de nutriments.

LE LAPIN À QUEUE BLANCHE

Ces lapins doublent de taille dans les 10 premiers jours de leur vie.

FAITS

CLASSE D'ANIMAUX
Mammifère

NOM DU PETIT
Lapereau

HABITAT
Prairies et terrains buissonnants d'Amérique du Nord et d'Amérique du Sud

BÉBÉS
Jusqu'à 12 à la fois; habituellement 5

ALIMENTATION
Lait maternel, puis herbes, trèfles, végétaux et brindilles

TAILLE À LA NAISSANCE
À peu près la grosseur d'un kiwi

Dans les herbes hautes, la maman lapin creuse un trou peu profond pour y faire son nid. Elle tapisse le fond du nid avec des feuilles, des herbes et même sa propre fourrure pour que l'endroit soit confortable pour ses bébés. Les lapereaux sont tout petits quand ils naissent et ils n'ont pas de fourrure. Ils auront un doux pelage en moins d'une semaine.

Après deux semaines, les lapereaux sont prêts à quitter le nid. Ils sautillent aux alentours pour trouver de l'herbe à grignoter. Ils jouent avec leurs frères et sœurs. Après encore un mois ou deux, les lapereaux partent chacun de leur côté.

Et toi, jusqu'où peux-tu sauter?

CHAPITRE 3
LES BÉBÉS AQUATIQUES

DES CANETONS MALARDS

Ils nagent, ils s'éclaboussent et ils plongent! Voici des bébés qui vivent dans l'eau un peu partout dans le monde.

CLASSE D'ANIMAUX
Reptile

NOM DU PETIT
Pas de nom officiel

HABITAT
Pleine mer et régions côtières d'Afrique, d'Asie, d'Amérique du Nord et d'Amérique du Sud

BÉBÉS
Environ 100 à la fois

ALIMENTATION
Méduses, crabes, escargots, crevettes, varech, algues

TAILLE À LA NAISSANCE
À peu près la grosseur d'un abricot

DES ŒUFS

Des milliers de tortues peuvent aller pondre leurs œufs sur la même plage en même temps. On appelle cela l'*arribada* : le mot espagnol pour « arrivée ».

LA TORTUE OLIVÂTRE

Ces bébés doivent faire un dangereux voyage tout de suite après leur naissance.

La tortue olivâtre doit son nom à la couleur olive de sa carapace. Les bébés sont noirs, puis changent de couleur en grandissant.

Dans l'obscurité de la nuit, les tortues olivâtres femelles nagent jusqu'à la plage. Elles creusent des nids dans le sable et y pondent leurs œufs. Elles recouvrent ensuite leurs œufs avec du sable, puis retournent à la mer.

Deux mois plus tard, les œufs éclosent. Les petits utilisent leurs nageoires pour détaler vers l'océan. Beaucoup d'entre eux se font attraper par des oiseaux ou des crabes fantômes. Les bébés qui atteignent la mer plongent vite dans l'eau pour y trouver de quoi manger.

Les tortues olivâtres mâles restent dans l'océan toute leur vie. Les femelles retournent à la plage où elles sont nées pour y pondre leurs œufs.

Selon toi, pourquoi les tortues olivâtres pondent-elles autant d'œufs?

L'HIPPOCAMPE DE WHITE

Les bébés grandissent dans leur papa!

Savais-tu que c'est le papa hippocampe qui porte les bébés? La maman pond ses œufs dans une poche spéciale du papa qu'on appelle une poche incubatrice.

Après trois semaines, les œufs éclosent. Les bébés sortent de la poche et vont nager, mais restent près de leurs frères et sœurs.

Comme beaucoup d'autres poissons, les petits de l'hippocampe n'ont pas besoin que leurs parents s'occupent d'eux. Ils peuvent trouver eux-mêmes leur nourriture. Les bébés hippocampes mangent toute la journée. Ils n'ont pas de dents pour mâcher leur nourriture… Ils l'avalent tout rond!

FAITS

CLASSE D'ANIMAUX
Poisson

NOM DU PETIT
Pas de nom officiel

HABITAT
Régions côtières
près de l'Australie

ŒUFS
Jusqu'à 250 à la fois

ALIMENTATION
Plancton, minuscules
poissons et crevettes

TAILLE À LA NAISSANCE
À peu près la grosseur
d'un raisin sec

Les hippocampes peuvent changer rapidement de couleur pour se fondre dans leur environnement.

Les hippocampes s'accrochent aux choses avec leur queue. Ils peuvent aussi utiliser leur queue pour s'accrocher l'un à l'autre.

UN BÉBÉ HIPPOCAMPE

Et toi, à qui aimes-tu tenir la main?

45

FAITS

CLASSE D'ANIMAUX
Oiseau

NOM DU PETIT
Poussin

HABITAT
Zones humides
d'Afrique, d'Asie et
d'Europe

ŒUFS
1 à la fois

ALIMENTATION
Lait de jabot, puis
petits crustacés et
algues

**TAILLE À LA
NAISSANCE**
À peu près la grosseur
d'une pêche

46

LE FLAMANT ROSE

Les poussins ne ressemblent pas du tout à leurs parents!

Une crèche de flamants peut comprendre 3 000 poussins!

Au milieu de son nid de boue, un petit poussin couvert de plumes grises sort de son œuf. Son papa et sa maman le nourrissent avec un type de lait que la plupart des oiseaux n'ont pas : du lait de jabot, un fluide rouge qui sort du bec des parents.

Quand le poussin a environ une semaine, il rejoint les autres poussins dans un groupe qu'on appelle une crèche. Quelques adultes s'occupent de tous les bébés, pendant que les autres parents du groupe vont chercher de la nourriture.

Les parents continuent de nourrir leur bébé, même quand il est dans la crèche. Même s'il y a des milliers d'oiseaux dans un groupe, les parents reconnaissent les cris de leur poussin et le retrouvent rapidement.

Les flamants roses construisent un nid de boue en forme de volcan.

Après deux ou trois mois, le petit flamant commence à se nourrir seul. Il peut maintenant manger la nourriture qui donne la couleur rose à ses plumes et à ses pattes! Cette couleur vient des petites créatures et des algues dont les flamants se nourrissent.

Il faut de deux à trois ans à un flamant pour devenir rose.

CLASSE D'ANIMAUX
Céphalopode

NOM DU PETIT
Pas de nom officiel

HABITAT
Océan Pacifique

ŒUFS
Jusqu'à 100 000
à la fois

ALIMENTATION
Crevettes, homards,
poissons, palourdes,
oiseaux, requins

**TAILLE À LA
NAISSANCE**
À peu près la grosseur
d'un grain de riz

La plus grosse pieuvre géante du Pacifique jamais vue pesait autant que trois bébés éléphants d'Asie.

Les bébés de la pieuvre géante du Pacifique ont 14 ventouses sur chaque tentacule. Les adultes en ont jusqu'à 280 sur chaque tentacule.

LA PIEUVRE GÉANTE DU PACIFIQUE

La plus grosse pieuvre du monde sort d'un tout petit œuf.

Le bébé pieuvre a un corps transparent. Il peut changer de couleur en un instant s'il doit se cacher.

Dans une caverne, au fond de l'océan, une pieuvre géante du Pacifique pond des milliers d'œufs. Elle les suspend en grappes au plafond de la caverne, puis elle les protège sans relâche pendant environ six mois.

Quand les œufs éclosent, la mère crache de l'eau pour propulser les petits dans l'océan. Les bébés flottent près de la surface pendant plusieurs mois, en se nourrissant de minuscules créatures. Ensuite, ils plongent vers les profondeurs et commencent à grandir... et ils n'arrêtent jamais de grandir! La pieuvre géante du Pacifique deviendra plus grande tous les jours de sa vie.

Et toi, quelle taille penses-tu avoir quand tu seras adulte?

LA LOUTRE DE MER

Ces bébés sont faits pour flotter!

Les loutres de mer ont des poches! Quand elles chassent, elles mettent de la nourriture dans les replis de la peau sous leurs aisselles.

Les loutres de mer naissent dans l'océan, mais elles n'apprennent pas à nager avant d'avoir environ un mois. Comment les petits font-ils pour survivre? Ils flottent! Leur épaisse fourrure emprisonne tellement d'air qu'ils ne coulent pas, mais la plupart du temps, les mamans loutres gardent quand même leurs bébés sur leur ventre.

Les bébés loutres de mer restent auprès de leur mère de six à huit mois.

FAITS

CLASSE D'ANIMAUX
Mammifère

NOM DU PETIT
Pas de nom officiel

HABITAT
Océan Pacifique

BÉBÉS
1 à la fois

ALIMENTATION
Lait maternel, puis oursins, crustacés et crabes

TAILLE À LA NAISSANCE
À peu près la taille d'un gros chat domestique

UNE MAMAN DONNE UNE MOULE À SON PETIT.

Les loutres de mer ont la fourrure la plus épaisse de tous les animaux.

Les petits mangent les créatures aquatiques que leur maman leur apporte. Pour éviter que ses bébés ne dérivent quand elle est en train de chercher de la nourriture, la maman les enveloppe dans les algues.

Et toi, qu'est-ce qui t'aide à flotter sur l'eau?

Des canetons malards se serrent les uns contre les autres dans le nid que leur mère a construit.

FAITS

CLASSE D'ANIMAUX
Oiseau

NOM DU PETIT
Caneton

HABITAT
Zones humides d'Afrique, d'Asie, d'Australie, d'Europe et d'Amérique du Nord

ŒUFS
Jusqu'à 13 à la fois

ALIMENTATION
Vers de terre, insectes, graines, herbes

TAILLE À LA NAISSANCE
À peu près la grosseur d'une balle de tennis

LE CANARD MALARD

Ces petits oiseaux sont toujours occupés!

DES ŒUFS DE CANARD MALARD

Les canetons malards sont prêts à quitter le nid dès le lendemain de l'éclosion. Leur maman les guide jusqu'à l'eau. Les petits la suivent en file, puis sautent à l'eau et se mettent à nager. Ils plongent la tête sous l'eau pour trouver de la nourriture.

Quand la maman sort de l'eau, tous ses petits la suivent. Les canetons se serrent contre elle. Ils resteront près de leur mère pendant environ deux mois. Quand ils savent voler, ils deviennent indépendants.

La maman canard malard construit son nid dans les herbes hautes près de l'eau.

Seules les femelles cancanent.

Un bébé alligator qui sort de son œuf. Bonjour, petit alligator!

L'ALLIGATOR D'AMÉRIQUE

Les bébés se promènent dans la gueule de leur mère.

FAITS

CLASSE D'ANIMAUX
Reptile

NOM DU PETIT
Pas de nom officiel

HABITAT
Marécages et zones humides d'Amérique du Nord

ŒUFS
De 40 à 50 à la fois

ALIMENTATION
Poissons, insectes, reptiles, oiseaux

TAILLE À LA NAISSANCE
À peu près la longueur d'une banane

Dans un nid de boue, les bébés alligators, encore à l'intérieur de la coquille coriace de leur œuf, appellent leur mère. Ils ont une dent spéciale pour percer leur coquille, mais s'ils n'y arrivent pas, la maman va la briser avec sa gueule. Une fois que les petits ont éclos, leur maman les transporte délicatement jusqu'à l'eau entre ses mâchoires. Ses dents sont tranchantes, mais elles ne font pas mal aux bébés!

Les bébés alligators savent nager et trouver eux-mêmes à manger, mais ils restent près de leur mère pendant environ un an. Elle les protège des prédateurs comme les ratons laveurs, les ours, les loutres de mer et les hérons… et elle promène aussi ses bébés sur son museau!

> Quand il fait chaud, il y a plus de mâles parmi les nouveau-nés. Quand il fait froid, il y a plus de femelles.

Comment font les autres animaux pour transporter leurs bébés?

L'HIPPOPOTAME

Le bébé et sa mère sont très attachés l'un à l'autre.

FAITS

CLASSE D'ANIMAUX
Mammifère

NOM DU PETIT
Pas de nom officiel

HABITAT
Lacs et rivières
d'Afrique

BÉBÉS
1 à la fois

ALIMENTATION
Lait maternel, puis
herbes, plantes
aquatiques et fruits

**TAILLE À LA
NAISSANCE**
À peu près la
longueur d'une
bicyclette d'enfant

Quand il est temps de donner naissance à son petit, la maman hippopotame quitte son troupeau. Elle veut être seule avec son bébé.

Les bébés hippopotames naissent souvent dans l'eau. La maman pousse son bébé jusqu'à la surface afin qu'il puisse respirer. Le bébé replonge sous la surface pour boire le lait de sa mère. Quand il boit, le petit ferme ses oreilles et ses narines pour que l'eau n'y entre pas. Dans l'eau, le petit est hors d'atteinte des prédateurs comme les hyènes et les lions.

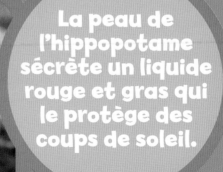

La peau de l'hippopotame sécrète un liquide rouge et gras qui le protège des coups de soleil.

Le bébé hippopotame ne sait pas nager aussi bien que sa mère. Sous l'eau, il marche ou galope.

Les hippopotames peuvent dormir sous l'eau. Ils remontent à la surface pour respirer, sans même se réveiller!

Pendant deux semaines, la maman et son bébé restent seuls tous les deux. Ils se blottissent l'un contre l'autre. Ensuite, la mère ramène son petit vers le troupeau. Le bébé hippopotame va pouvoir jouer avec les autres petits.

La nuit, le petit hippopotame suit sa mère pour trouver des herbes à manger. Il reste près de sa maman pendant environ sept ans, même lorsqu'elle a un nouveau petit.

Seuls les bébés poissons-coffres sont jaune vif. En grandissant, les femelles deviennent jaune foncé et les mâles, bleu gris.

Quand les poissons-coffres se sentent en danger, ils libèrent du poison dans l'eau.

LE POISSON-COFFRE JAUNE

Ce poisson doit son nom à sa forme en boîte.

À l'abri dans une barrière de corail, une maman poisson-coffre jaune pond ses œufs dans l'eau. Puis elle s'en va. Lorsque les œufs éclosent, les bébés se posent sur le corail.

Les petits poissons-coffres grandissent : ils nagent et cherchent de la nourriture. Leurs nageoires minuscules sont parfaites pour diriger leur corps en forme de coffre dans les labyrinthes de corail. Malgré tout, ces poissons vont rester près des barrières, parce qu'ils ne nagent pas bien en haute mer. Le courant pourrait les emporter!

FAITS

CLASSE D'ANIMAUX
Poisson

NOM DU PETIT
Alevin, larve

HABITAT
Océans au large de l'Afrique, de l'Australie et de l'Asie

ŒUFS
Nombre inconnu

ALIMENTATION
Algues et petits animaux marins

TAILLE À LA NAISSANCE
Inconnue

Peux-tu nommer d'autres choses qui ont la forme d'un coffre?

Sous la peau, le poisson-coffre adulte a de dures plaques osseuses.

UN POISSON-COFFRE FEMELLE ADULTE

CHAPITRE 4
LES BÉBÉS DES MONTAGNES ET DES DÉSERTS

DES CHIENS DE PRAIRIE À QUEUE NOIRE

Pour survivre sur le flanc d'une montagne escarpée ou dans un désert aride, les bébés animaux doivent savoir grimper et creuser.

Les petits de l'ours brun restent auprès de leur mère pendant deux ou trois ans.

L'OURS BRUN

Les oursons suivent leur maman pour trouver ce qu'il y a de meilleur à manger.

La maman ours brun se repose tout l'hiver dans sa tanière. C'est là, dans cette maison douillette, que vont naître ses bébés. À la naissance, les petits sont aveugles et n'ont pas de fourrure. Pendant quelques mois, ils ne boivent que le lait de leur mère. Ensuite, leur fourrure pousse et ils grandissent.

FAITS

CLASSE D'ANIMAUX
Mammifère

NOM DU PETIT
Ourson

HABITAT
Forêts de montagne, prairies, régions côtières d'Asie, d'Europe et d'Amérique du Nord

BÉBÉS
Habituellement 2 ou 3 à la fois

ALIMENTATION
Lait maternel, puis fruits, poissons, miel, racines, noix, insectes et petits mammifères

TAILLE À LA NAISSANCE
À peu près la grosseur d'une miche de pain

Quand la température se réchauffe, au printemps, il est temps de quitter la tanière. Les oursons sont prêts à suivre leur maman partout où elle va. Elle les guide jusqu'aux baies les plus juteuses. Elle leur montre comment attraper des poissons et dénicher de succulents insectes.

Les oursons grimpent aux arbres pour trouver du miel sucré et bien collant. Leur maman les attend en bas.

Les ours bruns ont un excellent odorat.

Quand ils ne cherchent pas de la nourriture, les oursons s'amusent ensemble. Ils se tiraillent et font semblant de se battre. C'est comme ça qu'ils apprennent à se défendre.

LES BÉBÉS DES MONTAGNES ET DES DÉSERTS

Quand les ours bruns ont trop mangé et veulent s'étendre, ils creusent un trou pour faire de la place pour leur ventre.

Où pourrais-tu chercher des baies?

LE BOUQUETIN DES ALPES

Ces chèvres sauvages sont d'excellentes grimpeuses presque dès leur naissance.

Les petits bouquetins ont très vite un pas assuré en terrain montagneux. Dès la naissance, ils peuvent marcher et sauter. Après quelques semaines, ils suivent leur mère sur les falaises escarpées.

FAITS

CLASSE D'ANIMAUX
Mammifère

NOM DU PETIT
Cabri

HABITAT
Flancs rocailleux des montagnes d'Europe

BÉBÉS
1 à la fois; parfois des jumeaux

ALIMENTATION
Lait maternel, puis herbes, feuilles, bois et écorce

TAILLE À LA NAISSANCE
À peu près la grosseur d'un chat domestique

Grâce à son odorat, la maman peut repérer son petit dans la harde.

Les petits vivent en harde avec leur mère et les autres femelles adultes jusqu'à l'âge d'environ un an.

Tu peux compter les stries sur les cornes d'un bouquetin pour savoir son âge.

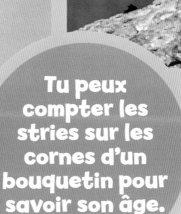

Les petits bouquetins aiment jouer. Ils courent, sautent et se poussent les uns les autres sur les rochers. Ils prétendent se battre en frappant leurs têtes l'une contre l'autre. Si un petit s'aventure trop loin de sa maman, elle l'appelle en faisant « bêê », et le petit lui répond de la même façon.

Selon toi, quel âge a ce bouquetin? Compte les stries sur ses cornes.

L'AIGLE ROYAL

Ces petites boules de plumes vont devenir d'énormes oiseaux de proie.

FAITS

CLASSE D'ANIMAUX
Oiseau

NOM DU PETIT
Aiglon

HABITAT
Forêts de montagne et zones humides d'Afrique, d'Asie, d'Europe et du nord de l'Amérique du Nord

ŒUFS
Jusqu'à 4 à la fois; habituellement 2

ALIMENTATION
Lapins, écureuils, chiens de prairie, oiseaux, poissons

TAILLE À LA NAISSANCE
À peu près la grosseur d'une pêche

Les aigles royaux construisent leur nid gigantesque sur une falaise, dans un arbre ou sur le sol. Dans le nid, des œufs tachetés éclosent, et des aiglons roses et maigrichons en sortent. Ils ont un duvet gris-blanc tout léger. Peu de temps après, des plumes noires poussent.

La maman reste avec ses aiglons pendant que le papa va chasser. Il rapporte de la nourriture au nid. Les aiglons ne peuvent pas voler, mais ils sautillent et marchent en se servant de leurs ailes pour garder l'équilibre.

Quand les aiglons ont environ 10 semaines, ils apprennent à voler. Ils commencent alors à chasser seuls.

> La maman et le papa aigle passent de quatre à six semaines à préparer un nid pour leurs petits.

Si tu pouvais construire un nid pour y vivre, de quoi aurait-il l'air?

Les chiens de prairie ne sont pas des chiens. Ce sont des rongeurs, comme les écureuils.

Une colonie de chiens de prairie peut compter des milliers d'individus.

UNE FAMILLE DE CHIENS DE PRAIRIE

LE CHIEN DE PRAIRIE À QUEUE NOIRE

Ces petits mammifères vivent en colonie.

FAITS

CLASSE D'ANIMAUX
Mammifère

NOM DU PETIT
Pas de nom officiel

HABITAT
Colonies souterraines dans les prairies de l'Amérique du Nord

BÉBÉS
De 2 à 8 à la fois

ALIMENTATION
Lait maternel, puis feuilles, herbes et graines

TAILLE À LA NAISSANCE
À peu près la grosseur d'une petite prune

Les bébés chiens de prairie vivent avec leur famille dans des colonies souterraines. Ces colonies sont composées de nombreuses pièces reliées par des tunnels. Il y a des pièces spéciales pour dormir, pour avoir des bébés et même pour faire ses besoins!

Les petits restent ensemble dans une pièce appelée la crèche. C'est là qu'ils boivent le lait de leur mère. Quand ils ont environ six semaines, les petits quittent la crèche. Ils dévalent les tunnels pour mettre le nez dehors pour la première fois.

Les chiens de prairie font une danse et un chant spéciaux pour annoncer qu'il n'y a pas de danger à l'extérieur.

LE FENNEC

Ce petit renard aux oreilles géantes peut entendre les proies cachées dans le sable.

Les petits fennecs se serrent les uns contre les autres avec leur mère dans leur tanière creusée profondément dans le sable. Ils boivent le lait maternel. Le papa apporte de la nourriture pour la maman. Au début, les oreilles du fennec sont petites et repliées vers l'avant, mais elles vont devenir très grandes!

Un mois après la naissance, les petits s'aventurent à l'extérieur. Ils ont maintenant de l'espace pour courir et sauter. Ils s'amusent à poursuivre leurs parents et leurs frères et sœurs.

FAITS

CLASSE D'ANIMAUX
Mammifère

NOM DU PETIT
Pas de nom officiel

HABITAT
Déserts d'Afrique

BÉBÉS
Jusqu'à 6 à la fois;
habituellement de
2 à 4

ALIMENTATION
Lait maternel, puis
insectes, rongeurs,
reptiles, fruits,
feuilles et racines

**TAILLE À LA
NAISSANCE**
À peu près la grosseur
d'une pêche

La fourrure sous les pattes du fennec le protège contre le sable brûlant du désert.

Les oreilles géantes du fennec l'aident à se rafraîchir en libérant la chaleur de son corps.

Ces renards du désert peuvent se passer d'eau pendant très longtemps.

Comme il fait très chaud, les fennecs passent la plus grande partie du jour dans leur tanière. La nuit, ils sortent chercher de la nourriture. Les fennecs tendent l'oreille pour repérer les petites créatures qui bougent sous le sable, puis ils passent à l'attaque.

Que peux-tu entendre quand tu es à l'extérieur?

Pour effrayer les prédateurs, ces chouettes font un bruit qui ressemble à celui du serpent à sonnette.

LA CHEVÊCHE DES TERRIERS

Les petits se roulent dans la poussière pour se nettoyer.

FAITS

CLASSE D'ANIMAUX
Oiseau

NOM DU PETIT
Oisillon

HABITAT
Terriers souterrains en Amérique du Nord et en Amérique du Sud

ŒUFS
Jusqu'à 12 à la fois

ALIMENTATION
Sauterelles, papillons de nuit, coléoptères, reptiles, rongeurs, oiseaux

TAILLE À LA NAISSANCE
À peu près la grosseur d'une fraise

La chevêche des terriers fait son nid dans des tunnels souterrains. Un vieux terrier creusé par un chien de prairie ou par une tortue terrestre est idéal pour les petits poussins.

La maman chouette reste avec ses nouveau-nés, tandis que le papa apporte de la nourriture. Quand ses petits ont deux semaines, la maman recommence à chasser, elle aussi. Les poussins attendent près de l'entrée du terrier que le repas leur soit livré.

Les jeunes chouettes font semblant de chasser en sautant sur leur nourriture… et les unes sur les autres! Vers l'âge de six semaines, les oisillons quittent le terrier pour chasser seuls.

La chevêche des terriers laisse tomber la nourriture directement dans le bec de ses petits.

LES BÉBÉS DES FORÊTS

Dans les bois, les bébés naissent dans les arbres,
sur le tapis forestier et sous la terre.

Le cri du bébé panda ressemble beaucoup au cri d'un bébé humain.

Un panda nouveau-né boit du lait jusqu'à 14 fois par jour.

FAITS

CLASSE D'ANIMAUX
Mammifère

NOM DU PETIT
Pas de nom officiel

HABITAT
Forêts de montagne, en Chine

BÉBÉS
1 à la fois

ALIMENTATION
Lait maternel, puis surtout des feuilles et des pousses de bambou

TAILLE À LA NAISSANCE
À peu près la grosseur d'une orange

LE PANDA GÉANT

Le nouveau-né est plus petit que l'oreille de sa mère.

Dans une caverne ou un arbre creux, la maman panda donne naissance à un minuscule bébé à la peau rose. En très peu de temps, sa peau est couverte d'un duvet blanc. Après environ un mois, les motifs noirs et blancs apparaissent sur sa fourrure.

La maman garde son bébé près d'elle. Elle le transporte avec sa patte ou dans sa bouche. Quand l'ourson a quelques mois, il rampe et fait quelques pas en chancelant. À un an, il sait courir et grimper aux arbres.

Les petits pandas boivent d'abord du lait. Plus tard, ils mangent du bambou. Ils passent la plus grande partie de leurs journées à mâcher des feuilles et des pousses de bambou.

La maman panda réveille parfois son petit qui fait la sieste parce qu'elle veut jouer avec lui.

Si tu devais manger la même chose tous les jours, qu'est-ce que ce serait?

83

LA MÉSANGE À TÊTE NOIRE

Ce petit oiseau chanteur est facilement reconnaissable à sa tête noire.

Les mésanges à tête noire font leur nid dans le bois mou d'un arbre mort. Le papa et la maman vont tapisser le nid de plumes, de mousse et de poils d'animaux. La mère couve ses œufs pendant deux semaines, et le papa lui apporte de la nourriture.

Lorsque la mésange pousse un cri très long, cela veut dire qu'il y a des prédateurs dans les parages.

La mésange à tête noire a un cri reconnaissable : tchikadi-di-di.

FAITS

CLASSE D'ANIMAUX
Oiseau

NOM DU PETIT
Oisillon

HABITAT
Forêts et buissons d'Amérique du Nord

ŒUFS
Jusqu'à 13 à la fois; habituellement 6 à 8

ALIMENTATION
Graines, baies, insectes, araignées et vers de terre

TAILLE À LA NAISSANCE
À peu près la grosseur d'un raisin

LES BÉBÉS DES FORÊTS

Les mésanges cachent des miettes de nourriture pour les manger plus tard. Elles peuvent se souvenir de milliers de cachettes.

Deux semaines après l'éclosion de leurs œufs, les minuscules poussins sont couverts de plumes. Ils sont prêts à voler. Ils quittent le nid avec leurs parents et se déplacent en groupe.

Les oisillons gazouillent quand ils ont faim. Pendant encore quelques semaines, leurs parents vont leur apporter des chenilles à manger. Les petits oiseaux les avalent tout rond.

Peux-tu inventer ton propre cri d'oiseau?

Il peut y avoir presque un millier de mites et de coléoptères qui vivent dans la fourrure d'un paresseux!

86

LE PARESSEUX À DEUX DOIGTS

Voici un bébé qui ne veut absolument pas être séparé de sa mère!

FAITS

CLASSE D'ANIMAUX
Mammifère

NOM DU PETIT
Pas de nom officiel

HABITAT
Forêts tropicales
d'Amérique du Sud

BÉBÉS
1 à la fois

ALIMENTATION
Lait maternel, puis
fruits et feuilles

TAILLE À LA NAISSANCE
À peu près la longueur
d'une miche de pain

Les paresseux font pratiquement tout sans bouger de la branche de l'arbre à laquelle ils sont accrochés. Ils mangent, dorment et donnent même naissance à leurs bébés tout en restant suspendus la tête en bas! Dès que le petit paresseux est né, il s'accroche à la fourrure de sa mère et boit son lait.

La maman amène son bébé partout avec elle pendant six à neuf mois. Il apprend ainsi où trouver les feuilles les plus goûteuses et les fruits les plus juteux.

Les bébés paresseux ont le poil court quand ils naissent. Leur longue fourrure d'adulte prend plusieurs mois à pousser.

87

Les paresseux sont de bons nageurs, mais ils ne marchent pas très bien. Lorsqu'ils sont au sol, ils se traînent sur le ventre.

Les paresseux sont habituellement des animaux nocturnes. Ils dorment le jour et cherchent de la nourriture la nuit.

Le bébé découvre aussi la seule raison pour laquelle les paresseux s'aventurent au sol : une fois par semaine, la maman descend de l'arbre avec son bébé pour faire caca sur le sol de la forêt. Ensuite, ils remontent au milieu des feuilles.

Les longues griffes recourbées du bébé paresseux l'aident à s'accrocher à sa mère d'abord, puis aux arbres quand il est plus vieux.

Quand le paresseux a un an ou deux, il est temps pour lui de quitter l'arbre de sa maman. Mais il n'ira pas très loin. Parfois, il s'installe dans l'arbre juste à côté. Il peut rester dans cet arbre toute sa vie.

Y a-t-il quelque chose que tu fais juste une fois par semaine?

FAITS

CLASSE D'ANIMAUX
Amphibien

NOM DU PETIT
Têtard

HABITAT
Forêts tropicales
humides du sud de
l'Amérique du Nord

ŒUFS
De 3 à 5 à la fois

ALIMENTATION
Œufs spéciaux
pondus par la mère,
puis insectes

**TAILLE À LA
NAISSANCE**
À peu près la
grosseur d'une
graine de tomate

UN TÊTARD

Les insectes que ces grenouilles mangent les rendent toxiques pour les prédateurs.

Les têtards du dendrobate sont bruns, mais en grandissant, ils deviennent des grenouilles très colorées!

LE DENDROBATE FRAISE

Cet amphibien transporte ses petits sur son dos.

UN TÊTARD DANS UNE BROMÉLIA

Le dendrobate fraise pond ses œufs sur le tapis forestier. Quand les œufs éclosent, les têtards ont besoin d'eau. La maman les transporte sur son dos et les amène sur une plante appelée broméLia. Cette plante en forme de coupe se remplit de minuscules mares d'eau quand il pleut. Chaque têtard aura sa propre mare!

Chaque jour, la maman grenouille visite les mares et y pond un type d'œuf spécial, que les têtards vont manger.

Quand le têtard est environ aussi long qu'un grain de riz, des jambes lui poussent. Sa queue disparaît. C'est maintenant une grenouille. Il quitte sa petite mare pour aller explorer la forêt.

Si la maman grenouille met plus qu'un têtard dans une mare, le plus gros va manger les autres.

LE LÉOPARD

Ces animaux se déplacent d'une tanière à l'autre pour garder leurs petits en sécurité.

Les léopardeaux s'entraînent à chasser avec leurs frères et sœurs. Ils les guettent, les pourchassent et leur sautent dessus.

Les léopardeaux restent avec leur mère pendant un an ou deux. Ensuite, ils vont habituellement vivre seuls.

La maman léopard garde ses petits cachés dans une caverne ou un arbre creux. Elle les laisse seuls pour aller chasser, mais elle les cache ensuite à un autre endroit pour éviter que les prédateurs les découvrent. Elle prend ses petits par la peau du cou et les transporte dans sa gueule.

Après six à huit semaines, les léopardeaux sont assez vieux pour suivre leur mère. Elle leur montre alors comment chasser.

FAITS

CLASSE D'ANIMAUX
Mammifère

NOM DU PETIT
Léopardeau

HABITAT
Forêts et prairies d'Afrique et d'Asie

BÉBÉS
2 ou 3 à la fois

ALIMENTATION
Lait maternel, puis oiseaux, antilopes, rongeurs, singes et poissons

TAILLE À LA NAISSANCE
À peu près la grosseur d'un pain à hot-dog

Les léopards savent très bien grimper aux arbres.

Comment tes parents te transportaient-ils quand tu étais petit?

Voici d'autres petits félins sauvages absolument adorables!

UN TIGREAU

UN CHATON DES SABLES

DES LIONCEAUX

UN BÉBÉ PANTHÈRE LONGIBANDE

UN BÉBÉ LYNX ROUX

Une maman tatou ramasse des feuilles pour faire un terrier douillet pour ses bébés.

LE TATOU À NEUF BANDES

Ce mammifère est protégé par une carapace.

Malgré son nom, le tatou à neuf bandes peut avoir entre sept et onze bandes sur le dos.

FAITS

CLASSE D'ANIMAUX
Mammifère

NOM DU PETIT
Pas de nom officiel

HABITAT
Forêts et prairies chaudes d'Amérique du Nord et d'Amérique du Sud

BÉBÉS
4 à la fois

ALIMENTATION
Lait maternel, puis insectes, vers de terre, œufs d'oiseau, petits animaux, fruits et graines

TAILLE À LA NAISSANCE
À peu près la taille d'un hamster

Les bébés tatous à neuf bandes naissent dans un terrier souterrain. Les petits ont une peau molle, semblable à du cuir. Quand ils vieillissent, leur peau se durcit et forme des plaques protectrices sur le dessus de leur corps. Leur ventre reste mou et se couvre de poils.

Quand les petits ont quelques semaines, ils sortent du terrier. Ils commencent à chercher de la nourriture. Ils utilisent leurs griffes pour creuser et trouver des insectes. Avec leur langue longue et collante, ils peuvent attraper des milliers de fourmis pour un seul repas!

Les bébés tatous sont presque toujours des quadruplés identiques.

Quand ils ont quelques mois, les faons mâles commencent à avoir des bois. Les femelles n'ont pas de bois.

Les cerfs mâles quittent leur mère après un an, mais les biches (les cerfs femelles) restent habituellement près d'elle pendant deux ans.

LE CERF DE VIRGINIE

Ces bébés se cachent sur le sol forestier.

FAITS

CLASSE D'ANIMAUX
Mammifère

NOM DU PETIT
Faon

HABITAT
Forêts et prairies
d'Amérique du Nord
et d'Amérique du Sud

BÉBÉS
1 ou 2 à la fois

ALIMENTATION
Herbes, feuilles,
écorce et brindilles

**TAILLE À LA
NAISSANCE**
À peu près la grosseur
d'une table de chevet

Un faon qui vient de naître se tient déjà debout. Sa mère le nettoie avec sa langue. Le faon boit du lait, puis se roule en boule dans un trou peu profond. Il est difficile à repérer à cause des taches sur sa fourrure. Le faon reste en sécurité pendant que sa maman cherche de la nourriture.

Après environ un mois, la mère guide son faon à l'extérieur de la forêt. Ils vont à la rencontre d'autres mères et d'autres faons. Parfois, deux faons se tiennent sur leurs pattes arrière et font semblant de se battre avec leurs pattes avant. Ils apprennent ainsi à se protéger contre les loups et les autres prédateurs.

Est-ce que tes vêtements attirent l'attention ou t'aident à te cacher?

L'ORANG-OUTAN DE SUMATRA

Ce mammifère passe toute sa vie dans les arbres.

Les jeunes orangs-outans font énormément de bruit. Ils couinent, crient, jappent, aspirent et rotent pour communiquer.

FAITS

CLASSE D'ANIMAUX
Mammifère

NOM DU PETIT
Pas de nom officiel

HABITAT
Forêts tropicales de Sumatra, en Asie du Sud-Est

BÉBÉS
Habituellement 1 à la fois

ALIMENTATION
Lait maternel, puis fruits, feuilles, écorce, noix, miel, insectes et œufs d'oiseau

TAILLE À LA NAISSANCE
À peu près la grosseur d'un ballon de football

Les bébés orangs-outans naissent dans un nid au sommet des arbres. Mais le bébé et sa maman vont rapidement se trouver un autre nid.

Chaque jour, la mère trouve un nouvel endroit dans un arbre où elle peut plier les branches et les tresser ensemble. Elle tapisse le nid de feuilles et fabrique un oreiller avec des brindilles.

Les bébés orangs-outans sourient à leur maman et pleurent quand ils ont faim, comme les bébés humains!

Le bébé s'accroche à sa mère avec ses mains et ses pieds. Il reste près d'elle pendant environ 10 ans.

Pendant les trois premiers mois de sa vie environ, le bébé orang-outan boit seulement du lait. Mais quand il commence à manger des fruits et des feuilles, il ne peut pas faire la fine bouche. La maman donne à son bébé des centaines de plantes différentes à goûter!

Combien de choses différentes as-tu mangées aujourd'hui?

CHAPITRE 6
LES BÉBÉS POLAIRES

DES OURS POLAIRES

Une fourrure spéciale, du gras et des plumes aident ces bébés
à rester au chaud dans les endroits les plus froids du monde.

Vers l'âge de deux ans, les oursons polaires commencent à vivre seuls.

Le lait de l'ourse polaire est 10 fois plus gras que le lait humain. Ce gras supplémentaire aide les oursons à garder leur chaleur.

L'OURS POLAIRE

Une tanière de neige est une maison douillette pour ces oursons!

FAITS

CLASSE D'ANIMAUX
Mammifère

NOM DU PETIT
Ourson

HABITAT
Grand nord de l'Asie, de l'Europe et de l'Amérique du Nord

BÉBÉS
Jusqu'à 4 à la fois; habituellement 2

ALIMENTATION
Lait maternel, puis phoques, poissons et renards

TAILLE À LA NAISSANCE
À peu près la grosseur d'un melon d'eau

La maman ours polaire creuse une tanière dans la neige. Après avoir donné naissance à ses petits, elle hiberne tout l'hiver, pendant que ses oursons boivent son lait.

Au printemps, la mère et ses petits quittent le confort de leur caverne. Leur fourrure épaisse et une couche de gras, qu'on appelle le lard, les aident à conserver leur chaleur. Les oursons jouent dans la neige et glissent sur la glace. Ils s'amusent aussi à grimper sur le dos de leur maman!

Les oursons observent leur mère pour apprendre à chasser. Ils mangent les phoques qu'elle attrape. Ensuite, ils plongent pour attraper eux-mêmes des poissons et des phoques.

Les oursons polaires se nettoient en frottant leur fourrure contre la neige.

As-tu déjà construit une caverne pour jouer? Avec quoi l'as-tu construite?

LE BÉLUGA

Les bébés bélugas sont gris foncé.

FAITS

CLASSE D'ANIMAUX
Mammifère

NOM DU PETIT
Veau

HABITAT
Très au nord dans les océans Atlantique et Pacifique

BÉBÉS
1 à la fois

ALIMENTATION
Lait maternel, puis poissons, crevettes, crabes et pieuvres

TAILLE À LA NAISSANCE
À peu près la longueur d'un banc de parc

Dès que son petit est né, la maman béluga et une autre femelle béluga vont le pousser jusqu'à la surface pour qu'il respire. Le petit respire par son évent, un trou au sommet de sa tête.

Le petit nage près de sa mère et boit son lait pendant environ deux ans. Après un an, il apprend à attraper des créatures marines pour se nourrir. Les bélugas ont des dents, mais ils ne les utilisent pas pour mâcher leur nourriture. Ils aspirent ce qu'ils mangent et avalent leur repas tout rond.

La partie ronde sur la tête du béluga s'appelle le melon.

Quelles sortes de sons arrives-tu à faire?

107

LE MANCHOT ROYAL

Les parents gardent leur œuf très près d'eux.

Les manchots royaux ne gardent pas leur œuf dans un nid. Quand la mère a pondu un œuf, le père le prend sur ses pattes. Il le couvre d'un repli de peau, qu'on appelle une poche incubatrice, et le garde là pendant environ deux mois. Quand l'œuf éclot, le bébé manchot reste là sans bouger, sur les pattes de sa mère ou de son père.

Les parents vont à tour de rôle chercher de la nourriture en mer. Pendant qu'un des deux parents va chasser, l'autre surveille leur petit de près. Quand le parent parti chasser rentre, il siffle un air spécial pour retrouver sa famille dans la foule.

Les manchots vivent en grands groupes appelés colonies.

Quand le manchot royal a environ un an, son duvet est remplacé par un plumage imperméable.

UN ŒUF

Les premiers explorateurs surnommaient ces poussins « manchots laineux », parce que leur duvet brun leur donnait une apparence très différente de celle de leurs parents.

FAITS

CLASSE D'ANIMAUX
Oiseau

NOM DU PETIT
Oisillon

HABITAT
Îles et eaux entourant l'Antarctique et l'Amérique du Sud

ŒUFS
1 à la fois

ALIMENTATION
Poissons et céphalopodes

TAILLE À LA NAISSANCE
À peu près la grosseur d'une balle de baseball

Peux-tu inventer une chanson qui aiderait les membres de ta famille à se retrouver?

FAITS

CLASSE D'ANIMAUX
Mammifère

NOM DU PETIT
Veau

HABITAT
Océan Arctique et loin dans le nord des océans Atlantique et Pacifique

BÉBÉS
1 à la fois

ALIMENTATION
Lait maternel, puis mollusques, vers et oiseaux

TAILLE À LA NAISSANCE
À peu près la taille d'un enfant de sept ans

Les défenses du bébé morse commencent à pousser quand il a entre trois et six mois.

LE MORSE

La moustache de ce mammifère lui est très utile.

Les morses vivent sur la glace. La maman surveille son bébé de très près. Elle l'amène avec elle quand elle va chercher de la nourriture. Parfois, le petit grimpe sur son dos pendant qu'elle nage. D'autres fois, la maman le tient entre ses nageoires.

Le bébé morse peut boire le lait de sa mère quand il veut… même quand elle est en train de nager! Il la suit jusqu'au fond de l'océan et l'observe pendant qu'elle cherche à manger. Le bébé morse apprend rapidement à utiliser ses vibrisses (les poils de sa moustache) pour repérer des palourdes et des escargots. Il aspire la viande avec sa bouche et recrache les coquilles.

LES VIBRISSES

Le lard d'un morse peut atteindre 10 centimètres (4 po) d'épaisseur. Le lard aide le morse à conserver sa chaleur et à flotter.

Le bébé morse reste avec sa mère pendant environ trois ans. Ils vivent en groupe avec d'autres mamans et d'autres bébés. Les morses du troupeau s'entassent les uns contre les autres, au soleil, pour rester au chaud. Les bébés femelles vont habituellement se joindre au groupe de leur mère. Les mâles restent avec leur mère quelques années, mais ils partent ensuite trouver un groupe de mâles.

Après un mois ou deux, le bébé morse perd ses poils, et son nouveau pelage pousse.

Comment fais-tu pour te réchauffer quand tu as froid?

Les bouvillons peuvent manger de la nourriture solide tout de suite après la naissance, mais ils boivent du lait pendant une année.

FAITS

CLASSE D'ANIMAUX
Mammifère

NOM DU PETIT
Bouvillon

HABITAT
Toundra arctique d'Asie, d'Europe et d'Amérique du Nord

BÉBÉS
1 à la fois

ALIMENTATION
Lait maternel, puis herbes, feuilles, fleurs, racines, graines et écorce

TAILLE À LA NAISSANCE
À peu près aussi gros qu'une valise à main

LE BŒUF MUSQUÉ

Ces bébés ont une cachette spéciale.

Moins d'une heure après la naissance, le bouvillon se tient debout et boit du lait. Après quelques heures, il marche et suit sa mère. Le bouvillon a besoin de sa maman pour le garder au chaud, le temps que sa fourrure épaississe. Il se cache sous la longue fourrure de sa mère pour se protéger du froid.

Tous les bœufs de la harde travaillent ensemble pour protéger les bouvillons. Quand des loups ou d'autres prédateurs s'approchent, les adultes forment un cercle autour des petits. À l'intérieur du cercle, les jeunes sont en sécurité.

Les bouvillons ont de petites bosses là où pousseront leurs grandes cornes recourbées.

Les bouvillons jouent en se pourchassant et en se poussant les uns les autres.

Et toi, quelle est ta cachette préférée?

LE LOUP ARCTIQUE

Les louveteaux doivent apprendre à chasser avec leur meute.

Les bébés du loup arctique naissent dans une tanière à l'intérieur d'une caverne. Au début, ils se nourrissent seulement du lait de leur mère. Après environ trois semaines, ils peuvent voir, entendre et marcher. Il est temps pour eux de quitter la tanière.

Les loups arctiques qui viennent de naître sont gris. Leurs poils deviendront blancs en un an.

FAITS

CLASSE D'ANIMAUX
Mammifère

NOM DU PETIT
Louveteau

HABITAT
Toundra arctique d'Asie, d'Europe et d'Amérique du Nord

BÉBÉS
Habituellement de 2 à 4 à la fois

ALIMENTATION
Lait maternel, puis lièvres arctiques et caribous

TAILLE À LA NAISSANCE
À peu près la grosseur d'un pamplemousse

Le loup arctique est un type de loup gris, mais sa fourrure reste blanche toute l'année. Cela l'aide à passer inaperçu dans la neige.

Une meute de loups comprend habituellement une maman, un papa, des bébés et des frères et sœurs plus âgés.

Tous les adultes d'une meute de loups s'occupent des petits. Ils leur apportent de la viande. Quand un adulte rentre de la chasse, les louveteaux poussent des gémissements et donnent des coups de langue autour de la gueule de l'adulte. L'adulte régurgite la nourriture qu'il a mâchée et avalée pour que le petit puisse la manger.

Quand les petits s'amusent, ils s'entraînent à chasser, à se traquer et à bondir les uns sur les autres. Vers l'âge de 10 mois, les louveteaux commencent à chasser avec la meute. Quand la nourriture est rare, le chef laisse les petits manger en premier. Au cours de l'année qui suit, les louveteaux apprennent à travailler en équipe pour chasser de gros animaux comme des caribous.

Combien y a-t-il de personnes dans ta famille?

CARTE DES ANIMAUX

Tu trouveras ici où vivent les animaux en vedette dans ce livre.

EUROPE

L'aigle royal
Le blaireau européen
Le bœuf musqué
Le bouquetin des Alpes
Le canard malard
Le flamant rose
Le loup arctique
L'ours brun
L'ours polaire

AMÉRIQUE DU NORD

AMÉRIQUE DU NORD

L'aigle royal
L'alligator d'Amérique
Le bœuf musqué
Le canard malard
Le cerf de Virginie
La chevêche des terriers
Le chien de prairie à queue noire
Le dendrobate fraise
Le lapin à queue blanche
Le loup arctique
La mésange à tête noire
Le monarque
L'ours brun
L'ours polaire
Le tatou à neuf bandes

OCÉAN PACIFIQUE

OCÉANS

Le béluga
La loutre de mer
Le morse
La pieuvre géante du Pacifique
Le poisson-coffre jaune
La tortue olivâtre

ÉQUATEUR

AMÉRIQUE DU SUD

OCÉAN ATLANTIQUE

AMÉRIQUE DU SUD

Le cerf de Virginie
La chevêche des terriers
Le lapin à queue blanche
Le manchot royal
Le paresseux à deux doigts
Le tatou à neuf bandes

OCÉAN ARCTIQUE

EUROPE

ASIE

AFRIQUE

OCÉAN PACIFIQUE

OCÉANIE

AUSTRALIE

OCÉAN AUSTRAL

ANTARCTIQUE

ASIE
L'aigle royal
Le blaireau européen
Le bœuf musqué
Le canard malard
Le caracal
Le flamant rose
Le léopard
Le loup arctique
Le monarque
L'orang-outan
de Sumatra
L'ours brun
L'ours polaire
Le panda géant

AFRIQUE
L'aigle royal
L'autruche
Le canard malard
Le caracal
Le chacal à dos noir
L'éléphant d'Afrique
Le fennec
Le flamant rose
L'hippopotame
Le léopard
Le rhinocéros noir

AUSTRALIE
Le canard malard
L'hippocampe
de White
Le kangourou rouge
Le monarque

ANTARCTIQUE
Le manchot royal

CONSEILS AUX PARENTS

Aidez votre enfant à poursuivre son apprentissage au-delà des pages de ce livre. Dans un zoo, un aquarium, un musée de la nature, une ferme ou un sanctuaire pour animaux, votre enfant pourra voir et peut-être même toucher certains des animaux présentés dans ce livre. Dressez une liste de ceux que vous avez vus. Voici d'autres activités que vous pouvez faire avec *Mon grand livre de bébés animaux* de National Geographic.

UNE CRÈCHE POUR ANIMAUX
(RESPONSABILITÉ, EMPATHIE)

Aidez votre enfant à aménager une crèche pour ses animaux en peluche. Parlez de ce dont ils auraient besoin s'ils étaient de vrais bébés animaux. Comment les humains pourraient-ils en prendre soin? Qu'est-ce que les bébés attendraient de leurs véritables parents?

UNE COURSE DE L'ŒUF
(EXERCICE, COORDINATION)

Les manchots royaux tiennent leurs œufs sur leurs pattes (p. 108-109). Préparez un parcours simple et, avec un chronomètre, voyez combien de temps il vous faut, à votre enfant et à vous, pour terminer le parcours en tenant une balle sur votre pied ou entre vos chevilles. Utilisez un ballon mou, une balle de tennis ou une balle de n'importe quelle autre grosseur.

CONSTRUIRE UN NID
(INGÉNIERIE)

Chaque soir, les orangs-outans construisent un nouveau nid pour y dormir (p. 100). Cherchez différents matériaux pour construire un nid. Parlez du poids des brindilles, des feuilles et de l'herbe. Essayez de faire tenir ensemble les choses que vous avez trouvées pour faire un nid. Vous pouvez utiliser de la boue comme « colle » si vous le voulez. Vous pouvez aussi faire un nid pour humains avec des couvertures et des oreillers!

QU'EST-CE QUE C'EST?
(BIOLOGIE)

Utilisez un téléphone intelligent pour prendre des photos rapprochées du pelage, de la peau et des plumes des animaux de ce livre. Montrez à votre enfant les photos et demandez-lui d'identifier les animaux à partir de ces caractéristiques.

UNE CHASSE AUX NIDS
(OBSERVATION)

Le début du printemps est le moment idéal pour repérer les nids d'oiseaux dans les arbres. C'est à ce moment de l'année que la plupart des œufs vont éclore, et il est plus facile d'apercevoir les nids dans les branches quand les feuilles n'ont pas complètement poussé. Vous pouvez utiliser des jumelles pour voir au loin. Vous pouvez aussi chercher des nids près des avant-toits, des gouttières et des coins protégés des immeubles. Ne touchez pas les nids! Vous pouvez toutefois regarder à l'intérieur : vous verrez peut-être des œufs ou des oisillons!

GLOSSAIRE

BARRIÈRE DE CORAIL : énorme récif de corail (animaux au corps mou de la famille des méduses), sur le plancher océanique

CÉPHALOPODE : animal au corps mou et sans pattes, mais avec des mâchoires et d'autres membres, comme une pieuvre

COURANT : mouvement de l'eau dans un océan, un lac ou une rivière

CRÈCHE : grand groupe d'oisillons dont certains adultes prennent soin pendant que les autres adultes cherchent de la nourriture

DUVET : plumage léger que les oisillons ont avant que leurs plumes d'adulte poussent; aussi une couche duveteuse de plumes qui aide les oiseaux adultes à conserver leur chaleur

HARDE : groupe de bêtes sauvages vivant ensemble

HIBERNER : passer l'hiver à dormir presque tout le temps

LAIT DE JABOT : liquide sécrété par certains oiseaux pour nourrir leurs poussins. Ce lait vient du jabot de l'oiseau, une poche à l'intérieur de sa gorge où il garde de la nourriture

LARD : gras des gros animaux, comme les ours polaires, qui les aide à conserver leur chaleur

MEUTE : groupe de chiens ou de loups qui vivent et chassent ensemble

MUE : quand les plumes ou la peau d'un animal tombent et sont remplacées par de nouvelles plumes ou une nouvelle peau

POCHE INCUBATRICE : repli de peau où un animal place son œuf ou son petit pour qu'il se développe et grandisse

PRÉDATEUR : animal qui chasse et mange d'autres animaux

PROIE : animal que le prédateur chasse pour se nourrir

QUADRUPLÉS : quatre bébés qui sont nés en même temps, de la même mère

TANIÈRE : caverne ou trou où habitent certains animaux

TERRIER : trou qu'un animal creuse dans le sol pour s'y réfugier

TOUNDRA : plaine de l'Arctique et des régions subarctiques, sans aucun arbre

TROUPEAU : groupe d'animaux de la même espèce

VIBRISSES : poils sensibles dans la moustache de certains animaux

RESSOURCES SUPPLÉMENTAIRES

LIVRES

Delano, Marfé Ferguson. *J'explore le monde : Les bébés animaux*, National Geographic Kids, 2019.

Donohue, Moira Rose. *Mon grand livre de forêts tropicales*, National Geographic Kids, 2020.

Hughes, Catherine D. *Mon grand livre d'animaux*, National Geographic Kids, 2017.

Hughes, Catherine D. *Mon grand livre d'oiseaux*, National Geographic Kids, 2021.

SITES WEB

Pour plus d'informations, n'hésitez pas à consulter des sites Web avec vos jeunes lecteurs.

INDEX

Les photographies sont indiquées en **caractères gras.**

RÉFÉRENCES PHOTOGRAPHIQUES

AL = Alamy Stock Photo; GI = Getty Images; MP = Minden Pictures; NG = National Geographic Image Collection; NP = Nature Picture Library; IS = iStockphoto; SS = Shutterstock

Page couverture : (caneton), Gregory Johnston/AL; (loutres), Alaska Stock/AL; (loup arctique), Tambako the Jaguar/Moment Open/GI; (alligator), Will E. Davis/SS; (poisson), bekirevren/SS; (eau derrière le poisson), FlashMovie/SS; (ours polaire), Design Pics Inc/NG; (chenille), alexbush/Adobe Stock; (lions), Denis-Huot/NP; **quatrième de couverture :** (pandas), Katherine Feng/MP; (chien de prairie), Eric Isselee/SS; **dos :** (orang-outan), Eric Isselee/SS; **textes préliminaires :** 1, Maggy Meyer/SS; 2-3, S. Gerth/age fotostock; 4 (HA), Cathy Keifer/SS; 5 (HA), Tierfotoagentur/AL; 5 (BA), Enjoylife2/IS/GI; **chapitre 1 :** 8-9, KAR Photography/AL; 10, Linda Freshwaters Arndt/AL; 11 (HA), Design Pics Inc/AL; 11 (BA), Mhryciw/Dreamstime; 12-13 (DR), Natalia Kuzmina/SS; 12 (GA), Solvin Zankl/NP; 13 (BA), Dirk Ercken/SS; 13 (HA), Chris Rabe/AL; 13 (GA), Huaykwang/SS; 14, Hezi Shohat/SS; 15 (CTR DR), Rabbitti/SS; 15 (BA), Srininivas jadlawad/SS; 15 (HA), Fred Bavendam/MP; **chapitre 2 :** 16-17, Pascale Gueret/AL; 18, Klein & Hubert/NP; 19 (HA), Marion Vollborn/BIA/MP; 19 (BA), Marion Vollborn/BIA/MP; 20 (GA), K.A.Willis/SS; 20-21, K.A.Willis/SS; 21 (HA), Craig Dingle/IS/GI; 22 (DR), Eric Isselee/SS; 22 (BA GA), Tony Wear/SS; 22 (HA GA), Auscape International Pty Ltd/AL; 23 (DR), Megan Griffin/SS; 23 (CTR), viktor posnov/Moment RF/GI; 23 (BA GA), Auscape International Pty Ltd/AL; 23 (HA GA), Marc Anderson/AL; 24, Maciej Jaroszewski/IS/GI; 25, Sue Robinson/SS; 26, GoDog Photo/SS; 27, Adri de Visser/MP; 28, Ankevanwyk/Dreamstime; 29, Top-Pics TBK/AL; 30, Frans Lanting/Mint/agefotostock; 31, Mark Newman/FLPA/MP; 32, Glass and Nature/SS; 32 (GA), Breck P. Kent/SS; 33, Sari ONeal/SS; 34 (DR), Jay Ondreicka/SS; 34 (GA), Breck P. Kent/SS; 35 (DR), Geza Farkas/SS; 35 (HA), Michele Zuidema/SS; 36, Anup Shah/Stone RF/GI; 37, Adam Jones/Stone RF/GI; 38, agefotostock/AL; 39, Ivan Kuzmin/AL; **chapitre 3 :** 40-41, blickwinkel/AL; 42 (HA), Solvin Zankl/AL; 42, Solvin Zankl/NP; 43, adrian hepworth/AL; 44, Alex Mustard/NP; 45 (DR), Alex Mustard/NP; 45 (GA), Alex Mustard/NP; 46, Kongkham35/SS; 47, Anup Shah/Stone RF/GI; 48 (HA), Wild Wonders of Europe/Allofs/NP; 48 (GA), serkan mutan/SS; 49, Jesus Cobaleda/SS; 50 (BA), Konstantin Novikov/SS; 50, Tony Wu/NP; 51, Fred Bavendam/MP; 52, Richard Mittleman/Gon2Foto/AL; 53 (HA), Design Pics Inc/AL; 53 (BA), Doc White/NP; 54 (CTR), Dennis van de Water/SS; 54 (HA), Melissa Carroll/IS/GI; 54 (BA), Piotr Kamionka/SS; 55, flaviano fabrizi/SS; 56 (HA), Heiko Kiera/SS; 56, C.C. Lockwood/Animals Animals; 57, passion4nature IS/GI; 58, kwanchai.c/SS; 59, Michel & Christine Denis-Huot/Biosphoto/Science Source; 60, Little Things Abroad/SS; 61, Anup Shah/NP; 62, Stubblefield Photography/SS; 63, Ronny Azran/SS; **chapitre 4 :** 64-67, Robert Postma/age fotostock; 66, Erik Mandre/AL; 67, Sergey Uryadnikov/SS; 68, Erik Mandre/SS; 69 (DR), Giedriius/SS; 69 (GA), Giedriius/SS; 70 (BA GA), Naturfoto-Online/AL; 70 (BA), T.Fritz/SS; 70-71 (DR), Ursula Perreten/SS; 71, S. Gerth/age fotostock; 72, Danita Delimont Creative/AL; 73, Michael Callan/FLPA/MP; 74, Michael Forsberg/NP; 74 (HA), W. Perry Conway/Corbis RF Stills/GI; 75, Warren Price Photography/SS; 76, Yossi Eshbol/FLPA/MP; 77, Kim in cherl/Moment RF/GI; 78, All Canada Photos/AL; 79, MTKhaled mahmud/SS; **chapitre 5 :** 80-81, George Sanker/NP; 82-83, Kenny Tong/SS; 83, Keren Su/Corbis RF Stills/GI; 83, Katherine Feng/MP; 84, Brian Lasenby/SS; 85, Ross Knowlton Nature Photography/AL; 86, Suzi Eszterhas/MP; 87, Suzi Eszterhas/MP; 88, Ralph Pace/MP; 89, Suzi Eszterhas/MP; 90 (BA), Mark Moffett/MP; 90 (HA), Riccardo Oggioni/AL; 91, Michael and Patricia Fogden/MP; 92 (BA), Suzi Eszterhas/MP; 93 (HA), Trevor Ryan McCall-Peat/SS; 93 (BA), gallas/Adobe Stock; 94 (GA), Eric Isselee/SS; 94 (BA DR), Imagebroker/AL; 95 (DR), Danita Delimont/AL; 95 (HA GA), Dr Ajay Kumar Singh/SS; 95 (BA GA), Tim Fitzharris/MP; 96, Heidi et Hans-Juergen Koch/MP; 97, Bianca Lavies/NG; 98, Imagebroker/AL; 99, Donald M. Jones/MP; 100, Dennis van de Water/SS; 101, Don Mammoser/SS; **chapitre 6 :** 102-103, Stone Nature Photography/AL; 104, Robert Sabin/age fotostock; 105 (HA), Robert Harding/AL; 105 (BA), GTW/SS; 106, Andrey Nekrasov/AL; 107, Andrey Nekrasov/imageBROKER RF/GI; 108, JeremyRichards/SS; 109 (HA), Joe McDonald/GI; 110, Paul Nicklen; 111, Paul Nicklen; 112 (HA), Paul Souders/Digital Vision/GI; 112 (BA DR), louise murray/AL; 114, Danita Delimont/AL; 115 (HA), Tsugaru Yutaka/Nature Production/MP; 115 (BA), Kevin Prönnecke/imageBROKER/age fotostock; 116 (GA), Jim Brandenburg/MP; 117 (CTR), Ronan Donovan/NG; 118, Jim Brandenburg/MP; 119, Ronan Donovan/NG; **parties complémentaires :** 122 (HA), Jasmin Merdan/Moment RF/GI; 122 (BA), Frans Lanting/Mint/age fotostock; 123 (HA), Chad Springer/White Door Photo/Image Source/GI; 123 (DR), goodluz/SS; 124 (GA), Andreanita/Dreamstime; 124 (DR), ananth-tp/SS; 125 (BA), mike powles/Stone RF/GI; 125 (HA), Amy Lutz/SS; 128, giedriius/Adobe Stock

Pour mes petites qui ne sont plus si petites, Julia, Allie et Caroline – M. M.

L'éditeur tient à remercier la zoologue Lucy Spelman et l'herpétologue Robert Powell, qui ont révisé ce livre avec leurs yeux d'experts.
Un grand merci également à Grace Hill Smith, chef de projet, à Michelle Harris, chercheuse,
et à Annette Kiesow, éditrice photo, pour leur aide précieuse dans la réalisation de ce livre.

Depuis 1888, National Geographic Society a financé plus de 14 000 projets de recherche scientifique, d'exploration et de préservation dans le monde. La société reçoit des fonds de National Geographic Partners, LLC, provenant notamment de votre achat. Une partie des produits de ce livre soutient ce travail essentiel. Pour plus de renseignements, veuillez vous rendre à natgeo.com/info.

NATIONAL GEOGRAPHIC et la bordure jaune sont des marques de commerce de National Geographic Society, utilisées avec autorisation.

Catalogage avant publication de Bibliothèque et Archives Canada

Titre: Mon grand livre de bébés animaux / Maya Myers ;
texte français du Groupe Syntagme.
Autres titres: Little kids first big book of baby animals. Français.
Noms: Myers, Maya, auteur.
Collections: National Geographic kids.
Description: Mention de collection: National Geographic kids. |
Traduction de : Little kids first big book of baby animals. |
Comprend un index.
Identifiants: Canadiana 20220163030 | ISBN 9781443197748
(couverture rigide)
Vedettes-matière: RVM: Jeunes animaux—Ouvrages pour la jeunesse. |
RVMGF: Documents pour la jeunesse.
Classification: LCC QL763 .M9414 2022 | CDD j591.3/92—dc23

Édition publiée par les Éditions Scholastic,
604, rue King Ouest, Toronto (Ontario) M5V 1E1, Canada,
avec la permission de National Geographic Partners, LLC.

5 4 3 2 1   Imprimé en Chine 38   22 23 24 25 26

Conception graphique : Nicole Lazarus, Design Superette

**DES OURS BRUNS
D'EUROPE**